« *À Danteo.* » *Carlo Zaglia*

« *À Séraphine, la petite maligne.* » *Bruno Robert*

Séraphin,
le prince des dauphins

Texte de Carlo Zaglia
Illustrations de Bruno Robert

AUZOU

Séraphin vit dans l'océan avec ses parents.
Son papa est le chef d'un grand banc de dauphins.

Séraphin sait qu'une fois grand,
il sera à son tour le chef et, tout fier,
il en profite pour agacer les habitants du lagon,
car il est super rapide !

Chaque fois que Théo le thon fait la sieste à l'ombre des coraux :

ZZZZZZZZZZZIM !

Séraphin passe à toute vitesse sous le nez du thon,
provoquant un éclair argenté qui le réveille en sursaut,
et le dauphin file se cacher dans l'épave
d'un petit bateau de pêche.

Oh ! Bien sûr, Théo essaie de rattraper
le dauphin pour le gronder, mais Séraphin
est bien trop rapide.

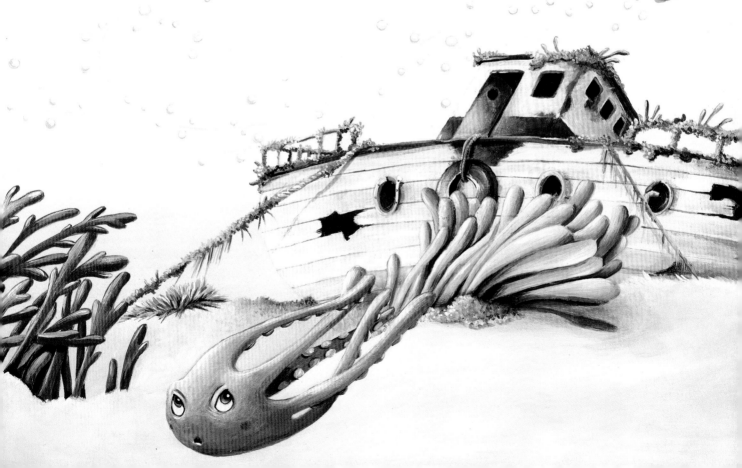

Puis c'est au tour de Baptiste le baliste.
Ce grand poisson flâne tranquillement à travers les algues
et les coraux lorsque soudain…

ZZZZZZZZZZIM !

Séraphin le frôle à toute vitesse en l'effrayant.
C'est toujours la même chose ! Le grand éclair argenté réveille
tout le lagon et part se dissimuler dans le bateau.

La pauvre Molly la méduse n'est pas mieux lotie.
À chacun des passages éclairs de Séraphin,
elle tournicote sur elle-même à en perdre la tête.

ZZZZZZZZZIM !

Le courant d'eau provoqué secoue ses longs
tentacules, et Séraphin disparaît dans sa cachette.

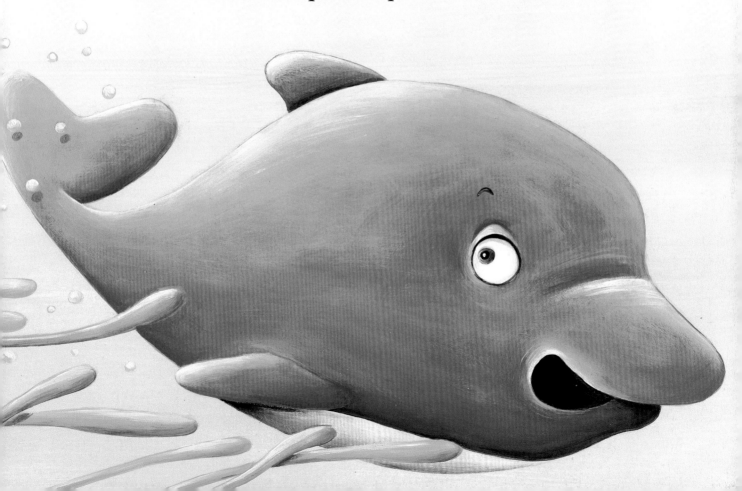

Aujourd'hui, c'est au tour de Madeleine la baleine.
Alors qu'elle rumine doucement son plancton,
Séraphin arrive à toute vitesse.

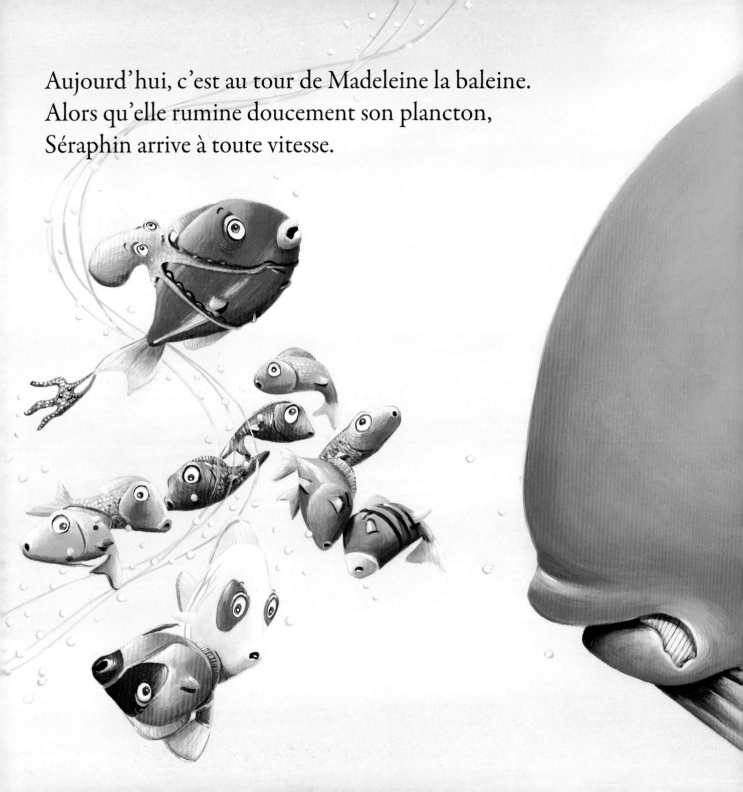

ZZZZZZZZZZIM !

La baleine sursaute, provoquant une onde qui secoue tous les habitants du lagon. Le temps pour Madeleine de se retourner, et le petit malin est invisible.

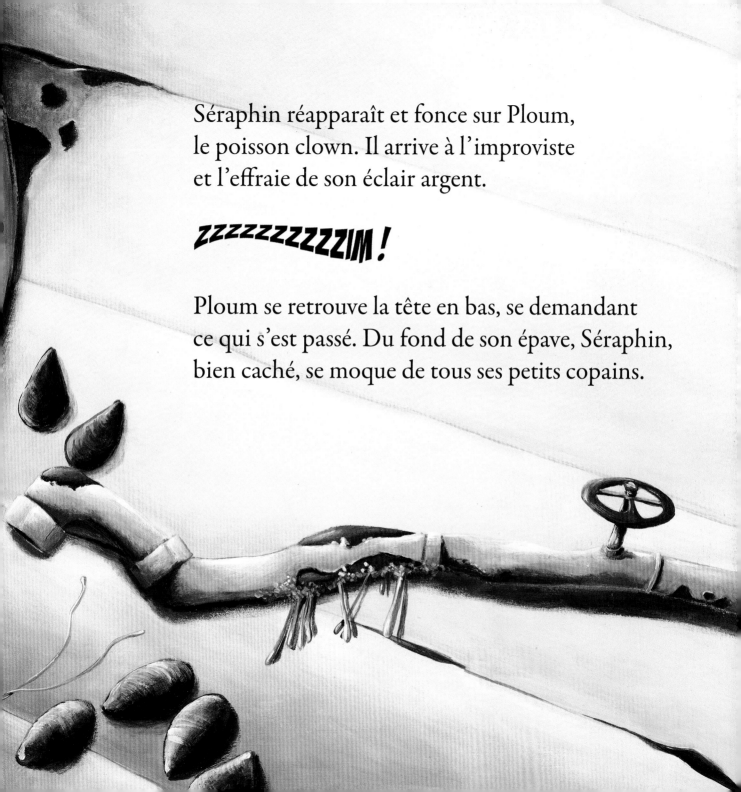

Séraphin réapparaît et fonce sur Ploum,
le poisson clown. Il arrive à l'improviste
et l'effraie de son éclair argent.

ZZZZZZZZZZIM !

Ploum se retrouve la tête en bas, se demandant
ce qui s'est passé. Du fond de son épave, Séraphin,
bien caché, se moque de tous ses petits copains.

Un jour, n'en pouvant plus, tous se réunissent
et décident de demander audience au grand Bleu,
le père de Séraphin :
« Votre Majesté, votre fils n'arrête pas
de nous embêter ! se plaignent-ils en chœur.
— Bien, bien, répond le grand dauphin,
je vais voir Séraphin. »

Le sifflement strident qui retentit dans le lagon
ne trompe pas. C'est bien le grand Bleu qui appelle son fils.
Un éclair file à toute vitesse, c'est Séraphin qui rapplique
et papa a l'air mécontent !

Tout le monde se rassemble autour des deux dauphins.
« Séraphin, j'ai appris que tu importunais tes amis ?
— Ben non papa ! répond l'effronté. C'est juste que je nage
tellement vite que parfois, je ne me rends pas compte
que je passe si près d'eux.
— Je te demande maintenant de faire attention
et de ne plus les embêter, sinon tu auras
affaire à moi ! Compris ?
— Oui papa », dit Séraphin,
tout penaud.

Le lendemain, alors que Théo a enfin
trouvé un endroit pour dormir,
se faisant un lit douillet de gorgones
et d'éponges, il ferme les yeux.

ZZZZZZZZZIM !

Théo bondit de stupeur.
« Ggrrrrrr ! » C'est encore Séraphin qui lui joue un mauvais tour.
Le dauphin fonce dans le lagon, les yeux plissés, l'aileron bien droit.
Il s'en donne à cœur joie !
Toujours plus vite, il nage droit devant lui pour se cacher, mais
cette fois-ci, il arrive trop vite dans le bateau, et sa nageoire
se coince dans le hublot.

« Ce n'est rien, se dit-il, je vais me sortir
de là très vite. » Il se débat, donne de grands coups
de queue, mais rien n'y fait. Il est prisonnier
de sa cachette. Séraphin a beau se débattre,
il n'arrive pas à se dégager.
« Oh la la ! Je ne peux pas me libérer
tout seul ! Si seulement je pouvais appeler
quelqu'un à l'aide... »

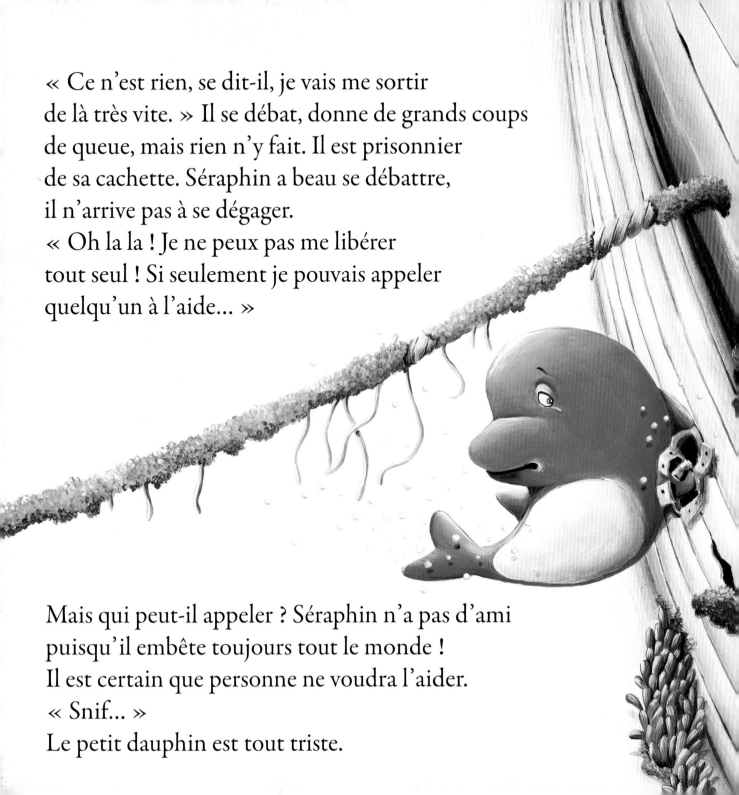

Mais qui peut-il appeler ? Séraphin n'a pas d'ami
puisqu'il embête toujours tout le monde !
Il est certain que personne ne voudra l'aider.
« Snif... »
Le petit dauphin est tout triste.

Non loin de là, Estelle le poisson demoiselle se promène.
Près de la vieille épave, elle entend Séraphin qui appelle
à l'aide et s'aperçoit qu'il est coincé.

Il faut le sortir de là ! Mais elle est bien trop petite pour ça...
D'un coup de nageoire, elle part chercher de l'aide.

Alors que le dauphin repense à toutes les bêtises qu'il a faites, il entend du bruit. C'est Estelle qui est à la tête de tous ses amis venus pour l'aider !

Il y a Théo le thon, Baptiste le baliste, Molly la méduse
et même Ploum le poisson clown, qui tournicote autour du bateau.
Ils vont tous essayer de sortir Séraphin de là !

Pendant que Théo donne de grands coups de dents sur le hublot,
Molly arrive à la rescousse et grâce à ses tentacules, elle le tire
vers elle. Baptiste ne se fait pas prier pour tirer le dauphin
de toutes ses forces.

Ploum se faufile dans le bateau pour diriger la manœuvre.

« Allez ! Poussez et tirez encore, dit-il, on y est presque. »

Mais cela ne suffit pas.

« Il faudrait pousser plus fort, dit Baptiste.

– Demandons à Madeleine ! lance Estelle, je vais la chercher. »

Estelle trouve enfin Madeleine et lui explique la situation.

Mais la baleine ne veut rien savoir.
« Ah non ! dit-elle. Je ne vais pas me déranger
pour ce petit prétentieux qui ne fait que m'agacer.
— Mais sans toi, réplique Estelle, il est perdu.
Nous avons besoin de toi ! Viens s'il te plaît ! »

Finalement, Madeleine se laisse convaincre et se met en route.
La demoiselle et la baleine arrivent enfin près de l'épave
où tout le monde s'active.

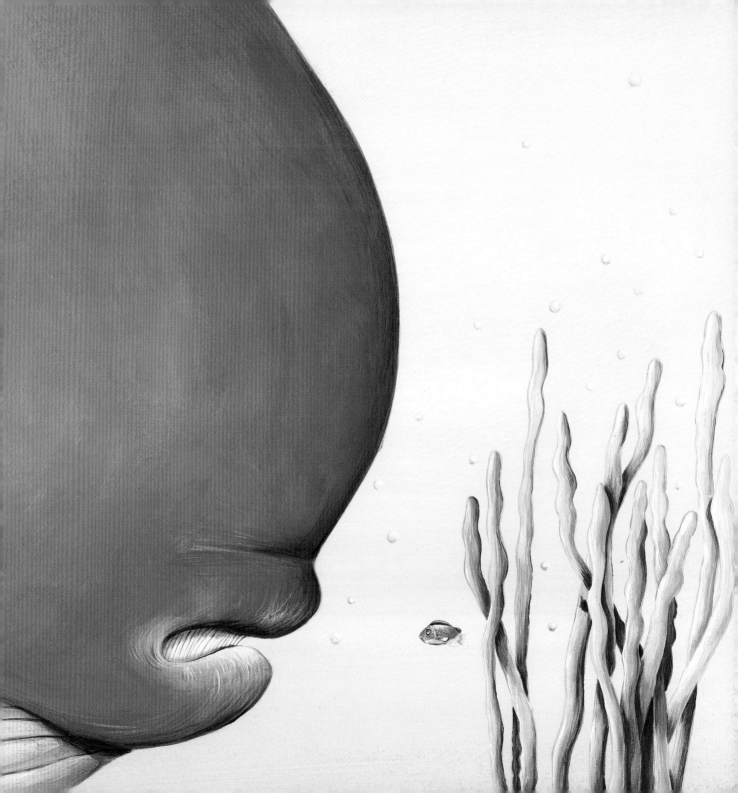

Madeleine s'approche tranquillement
et d'une pichenette sur la proue du bateau,
Séraphin est libéré. Le petit dauphin est tout
penaud. Il se rend compte que sa vitesse ne lui a
servi à rien et qu'il n'a pas été gentil avec ses amis.

Sans Théo, Baptiste, Molly, Ploum, Madeleine et Estelle, le petit dauphin restait prisonnier. Il les remercie donc en leur promettant de ne plus les ennuyer, et au contraire, de les aider dès qu'ils auront besoin de lui !

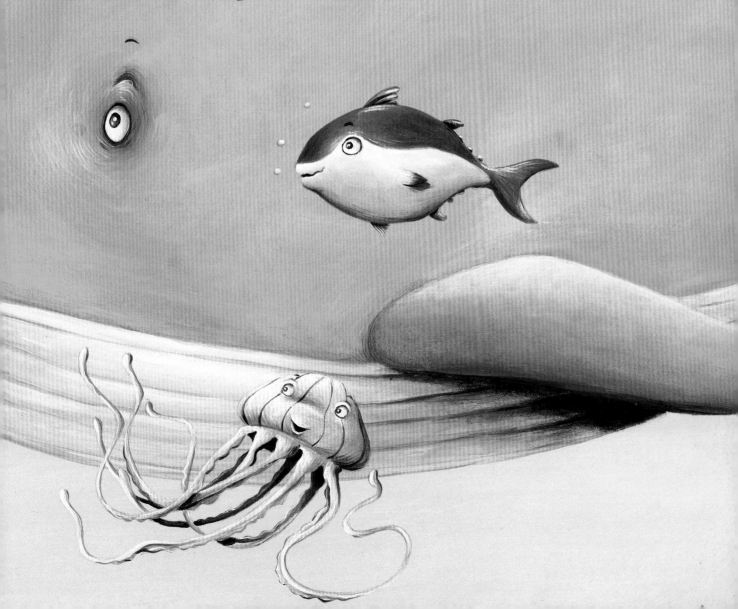

Direction générale : Gauthier Auzou
Direction éditoriale : July Zaglia
Textes : Carlo Zaglia
Illustrations : Bruno Robert
Maquette : Annaïs Tassone
Fabrication : Amélie Moncarré

Mes p'tits albums

 et les trois œufs

 Moustache ne se laisse pas faire

 Octave ne veut pas grandir

 Roucoule est amoureuse

 Petite taupe ouvre-moi ta porte !

 Zaïo le petit pirate !

 Le loup qui voulait changer de couleur

 La chauve-souris l'étoile

 Croquette devient grand frère

 Armande la vache qui n'aimait pas ses taches !

 Rosetta n'est pas cracra !

 Berlingot est un superhéros

 Le loup qui s'aimait beaucoup trop

 La petite souris et la dent

 Sa majesté Léonardo n'en fait qu'à sa tête

 Petit panda cherche un ami

 Séraphin, le prince des dauphins

 Crocky le crocodile a mal aux dents

 Robin, le petit écureuil des bois

 Mika l'ourson a peur du noir

 Martin le pingouin a un nouveau voisin

 Le loup qui cherchait une amoureuse

 Le loup qui ne voulait plus marcher

 Ferdinand le Papa Goéland

 Petit Castor reçoit un drôle de cadeau !

 Manolo le blaireau se prépare pour l'hiver

 Renato aide le Père Noël

 Le loup qui voulait faire le tour du monde

 Le loup qui voulait être un artiste

 Camille

 Chouquette et les Secrets Magiques

 Clotilde part en colonie de vacances

 Cédric veut être fils unique !